AF296295

LES
TROIS SPECTACLES,
OU
POLIXENE,
Tragédie en un Acte,

L'AVARE AMOUREUX,
Comédie en un Acte.

PAN ET DORIS,
Pastorale Héroïque, en un Acte.

AVEC UN PROLOGUE.

Le prix est de Vingt-quatre sols.

A PARIS,
Chez TABARIE, sur le Quay de Conty.

M. DCC. XXIX.
AVEC PERMISSION

LES TROIS SPECTACLES,

OU

POLIXENE,

Tragédie en un Acte,

L'AVARE AMOUREUX,

Comédie en un Acte.

PAN ET DORIS,

Pastorale Héroïque, en un Acte.

AVEC UN PROLOGUE.

Le prix est de Vingt-quatre sols.

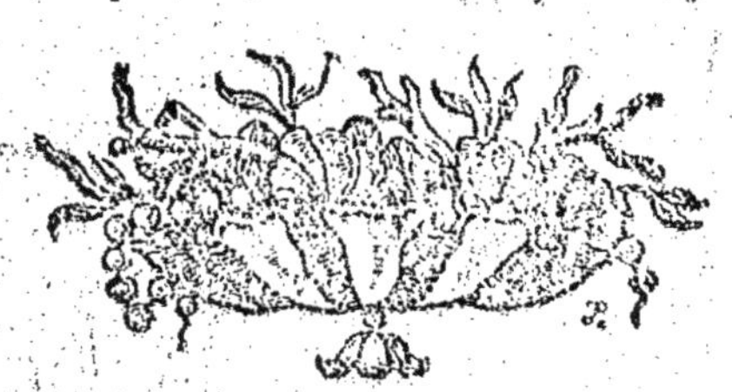

A PARIS,

Chez TABARIE, sur le Quay de Conty.

M. DCC. XXIX.

AVEC PERMISSION

PROLOGUE
DES
TROIS SPECTACLES.

Acteurs du Prologue.

LE CHEVALIER.
LE COMMANDEUR.
LE VICOMTE.
JULIE.
LA MARQUISE.
HORTENSE.
CELIMENE.

La Scene est à la Maison de Campagne de

PROLOGUE.

SCENE PREMIERE.

JULIE, LA MARQUISE, LE CHEVALIER,
LE COMMANDEUR, LE VICOMTE,

JULIE.

ES Comédies que nous réprésen-
tons entre nous pour nous amuser,
excitent la curiosité de nos Voisins.
Il nous arrive ce soir de la Compagnie, & il seroit tems de choisir
entre les trois Piéces que nous avons déjà joüées,
celle qui vous paroît la plus propre à réjoüir aujourd'hui l'Assemblée.

LE CHEVALIER

Eh, Madame, y a-t-il à déliberer ? On est à
la Campagne. On veut s'amuser ; on veut rire ;
la chose est toute simple, toute naturelle, toute
décidée. C'est du Comique qu'il nous faut.

LA MARQUISE.

Eh, pourquoi ne joürions-nous pas du Tra-
gique ?

LE CHEVALIER.

Pourquoi, Madame ? c'est parce qu'il en-

A

PROLOGUE.

nuye, & qu'il déplaît. Pour moi je n'y tiens pas, & la Tragédie en un Acte qui fut reprefentée ici ces jours paſſés, me parut trop longue de moitié.

LA MARQUISE.

Le férieux vous ennuye, Chevalier ; auſſi n'eſt-il pas fait pour vous. Mais tout le monde ne penſe pas de même ; & quant à moi, je . . . .

LE CHEVALIER.

Prenez garde, Madame, à ce que vous allez dire. Se déclarer pour la Tragédie, c'eſt confeſſer qu'on a le cœur tendre ; & vous faites gloire d'être infenſible.

LA MARQUISE.

Il en fera tout ce que vous voudrez ; mais j'aime la Tragédie d'inclination, & je la trouve admirable.

LE COMMANDEUR.

Elle l'eſt quelque fois, Madame ; mais de grace peut-on donner ce nom à une Piéce en un Acte ?

LA MARQUISE.

Oüï, Monſieur, & je foûtiens qu'il ne lui manque rien de tout ce qui eſt eſſentiel à la Tragédie.

LE COMMANDEUR.

Il ne lui manque que d'être une Tragédie.

LE CHEVALIER.

Le Commandeur a raiſon. Qui dit une Tragédie, dit une Piéce en cinq Actes : Au reſte, Madame, je vous avertis que le Commandeur eſt ſçavant, & qu'il eſt dangereux de ſe commettre avec lui.

LA MARQUISE.

Tant mieux. Le triomphe en fera plus beau, & je me fens affez forte pour vous battre tous deux.

LE CHEVALIER.

Commandeur, je compte fur toi.

LE COMMANDEUR.

Si Madame me permet de dire mon fentiment, je lui ferai voir que la Tragédie dont il s'agit, eft un petit monftre qu'on doit étouffer dans fa naiffance, une nouveauté dangereufe & indigne d'un Théâtre férieux.

LE CHEVALIER.

Fort bien.

LA MARQUISE.

Et moi je dis, que c'eft une nouveauté digne d'être imitée, & qui feroit peut-être fortune à la Comédie Françoife.

LE CHEVALIER.

On en feroit quitte pour un quart d'heure d'ennui.

LE COMMANDEUR.

De bonne foi, Madame, n'eft ce pas une chofe qui révolte, de voir un Poëte de quatre jours s'écarter de la route ordinaire, renverfer tout ce qu'il y a de plus facré dans la Poëtique, & s'annoncer dans le monde par une Tragédie en un Acte?

LA MARQUISE.

Non, Monfieur, & je crois au contraire qu'on doit lui en tenir compte : c'eft un Auteur timide, qui fe défie de fes forces, qui craint de nous ennuyer, & n'a pas encore la hardieffe de nous demander une audience de deux heures.

LE CHEVALIER.

Un Auteur timide ! un Auteur modeste ! il ne lui manque plus que d'être né Gascon, pour rendre la chose plus vrai-semblable.

LA MARQUISE.

Tout nous engage à juger favorablement de cet Auteur. Outre qu'il est de nos amis, on sçait qu'il n'a travaillé que pour notre Théâtre en particulier & à notre priere.

LE COMMANDEUR.

Eh Madame, ne voyez-vous pas qu'il ne faut qu'un coup du sort pour porter cette Piéce au Théâtre François, & que nous voilà responsables de tous les inconvéniens qui en arriveront.

LA MARQUISE.

Eh ! quel inconvénient y a-t-il donc tant à craindre ?

LE COMMANDEUR.

Nous serons inondés de Tragédies en un Acte, & on n'en fera point d'autres.

LA MARQUISE.

Il en sera de la Tragédie comme de la Comédie. On fait depuis long-tems des Comédies en un Acte, & cela n'empêche pas qu'on n'en fasse tous les jours en cinq ou bien en trois.

LE COMMANDEUR.

Il y a grande différence, Madame. La Comédie en un Acte n'a rien qui choque ; l'esprit est toûjours tout prêt à s'amuser, & l'on peut faire rire dès la premiere Scene. Mais il n'en va pas de même de la Tragédie où il faut disposer les

chofes pour remuer le cœur, & y porter la pitié
ou la crainte.

LA MARQUISE.

Mais fi je vous difois que cette Piéce a fçû me
toûcher jufqu'aux larmes.

LE COMMANDEUR.

Je dirois qu'elle n'a pas dû vous toucher &
que vos larmes n'étoient point en régle.

LE CHEVALIER.

Oh ! pour le coup, Commandeur, tu extra-
vagues, & ton érudition te broüille la cervelle.
Mais toi, grand flandrin de Vicomte, qui te tiens
là les bras croifés fans mot dire, as-tu juré de
ne point deflerrer les dents ? tu as de l'efprit, du
goût, des connoiffances, que ne t'en fers-tu
pour mettre fin à cette difpute ? tu te plais dans
le défordre ; cela t'amufe.

LE VICOMTE.

J'avoüe que cette difpute me fait plaifir, &
que la vivacité du Commandeur ne me réjoüit
pas moins, que je fuis charmé du bon fens de
Madame la Marquife.

LE CHEVALIER

Mais te plaira-t-il enfin de nous dire ton
avis ?

LE VICOMTE.

La Marquife a parlé, & tu me demandes mon
avis ! où as-tu donc l'efprit, mon pauvre Chevalier ? Ne fçais-tu pas que je tiens le cœur des
Dames infaillible fur ces matieres ? mais voici
Hortenfe & Céliméne qui nous diront leurs fen-
timens.

❖·❖

SCENE II.

JULIE, LE CHEVALIER, LE COMMANDEUR, LA MARQUISE, HORTENSE, CELIMENE, LE VICOMTE.

LE COMMANDEUR.

IL s'agit, Mesdames, de sçavoir la Piéce que nous joürons aujourd'hui.

LE VICOMTE.

Je gagerois bien que la belle Hortenfe fera pour la Tragédie.

HORTENSE.

Vous perdriez Vicomte. Soit que le Comique en général m'amufe davantage, foit que je fçache mauvais gré à l'Auteur de votre Tragédie en un Acte, d'avoir voulu m'attendrir pour fi peu de tems, je me déclare hautement pour la Comédie, & je fouhaite qu'elle foit joüée préferablement à toute autre Piéce.

CELIMENE.

Et moi j'opine pour la Paftorale ; telle eft la difpofition de mon cœur, que les paroles les plus touchantes ne fçauroient l'émouvoir, fi la Mufique n'eft de la partie ; mais auffi ma fenfibilité eft alors extrême, & je ne fçai plus ce qui me touche davantage ou du chant ou des paroles.

HORTENSE.

Mais, Madame, peut-on efperer que les perfonnes qui doivent arriver, accoûtumées à voir tous les jours l'Opéra de Paris, & à entendre les voix les plus rares, voudront bien se prêter à l'envie que nous avons de les amuser.

CELIMENE.

Oüi, Madame, on se prête tous les jours à ces sortes de choses, & pourvû que nous chantions avec quelque justesse & quelque goût, on nous passera le reste.

JULIE.

Il me vient une idée qui sera, je pense, au gré de l'Assemblée. La Marquise tient pour la Tragédie, Hortense pour la Comédie, la Comtesse pour la Pastorale; il n'y a qu'à les joüer aujourd'hui toutes trois; deux heures de tems nous en feront raison, & tout le monde aura lieu d'être satisfait.

LA MARQUISE.

J'y consens volontiers.

CELIMENE.

Et moi de même.

LE CHEVALIER.

Une Tragédie, un Opéra, une Comédie; mais oüi, cela peut être amusant. Qu'en dis-tu Vicomte ?

LE VICOMTE.

Je dis que Madame est la premiere personne du monde pour trouver des ajustemens aux choses les plus difficiles.

LE COMMANDEUR.

Pour moi je ne m'y oppose point, pourvû qu'il me soit permis de faire un tour de promenade dans le Jardin, pendant qu'on joüira la Tragédie en un Acte.   A iiij

LA MARQUISE.

Pour ne pas retarder la promenade de Mr. le
Commandeur, je fuis d'avis qu'on commence
par joüer cette Tragédie qui lui déplaît tant.

LE VICOMTE.

C'eſt bien le moins qu'on doive à la Tragédie,
de lui accorder le pas ſur la Comédie ſa cadette.

CELIMENE.

Comme il eſt bien dû à l'Opéra de terminer le
Spc&acle, lui qui mérite ce nom par excellence.

LE CHEVALIER.

Il me tarde de voir cette Bigarrure.

LE VICOMTE.

Sa ſingularité peut lui tenir lieu de merite.

JULIE.

On verra du moins par là, que nous avons
tenté toute ſorte de voyes pour plaire aux per-
ſonnes que nous attendons ; mais je crois entendre le bruit des Equipages ; c'eſt la Compagnie
ſans doute qui arrive, allons la recevoir, &
diſpoſer les choſes pour l'execution de notre
projet.

Fin du Prologue.

POLIXENE,

TRAGEDIE

EN UN ACTE.

ACTEURS.

POLIXENE, fille de Priam Roi de Troye.

PYRRHUS, fils d'Achile Roi d'Epire.

ÆGINE, Confidente de Polixene.

THESSANDRE, Capitaine des Gardes de Pyrrhus.

La Scene est sur le débris de Troye.

POLIXENE,

TRAGEDIE

EN UN ACTE.

<hr>

SCENE PREMIERE.

POLIXENE, ÆGINE.

POLIXENE.

Ciel! à quels affronts m'avez vous defti-
née.
De climats en climats en triomphe amenée,
Je verrai mes tyrans à me nuire obftinés,
Montrer la fœur d'Hector aux peuples éton-
nés ;
Et pour comble d'horreurs efclave d'un barbare :
O mort ! viens m'affranchir des maux qu'on me prepare.

ÆGINE.

Qu'entens-je jufte ciel, & quels font vos fouhaits !

POLIXENE.

Vous avez vû grands Dieux ! les efforts que j'ai faits

Pour étouffer un feu dont l'horreur vous offenfe :
D'un fexe malheureux ils paffent la puiffance.

ÆGINE.

Ainfi donc votre cœur trompant mon amitié
De fes ennuis fecrets me cache la moitié.

POLIXENE.

Du coupable Pâris les flâmes téméraires
Viennent de renverfer le Trône de mes Peres
Ægine, c'étoit peu de toutes ces horreurs ,
Et j'ai dû d'un tel frere imiter les fureurs.

ÆGINE.

Et quel eft cet amour dont le joug vous opprime ?

POLIXENE.

Des amours le plus tendre & le moins légitime.
Mais pourquoi t'en ferois-je un récit odieux ?
Ægine , il me rendroit trop coupable à tes yeux ;
Et tu dois redouter ma trifte confidence.

ÆGINE.

Non , non , rompez , Madame , un injufte filence ;
Nommez l'objet fatal d'un penchant malheureux.

POLIXENE.

Des Grecs , le plus barbare a furpris tous mes vœux.

ÆGINE.

Dieux ! feroit-ce Pyrrhus ?

POLIXENE.

Ægine , c'eft lui-même ;
Ce vainqueur , ou plûtôt , ce fier tyran , je l'aime.

ÆGINE.

Se peut-il que l'amour ait foumis votre cœur ,
Qu'auroit dû mieux défendre une jufte douleur ?
Hélas ! lorfqu'à vos pieds je vis Troye abattuë ,
Au comble des horreurs je vous crûs parvenuë
Et je ne penfois pas que le Ciel en courroux
Pût vous porter jamais de plus funeftes coups ,

Que pour mieux fignaler fa haine & fa vangeance,
Il dût vous envier jufqu'à votre innocence.

POLIXENE.

Non, Ægine, jamais dans un cœur on n'a vû
Regner tant de tendreffe avec tant de vertu.
Ce ne font plus les maux de ma Patrie en cendre
Qui m'arrachent les pleurs que tu me vois répandre;
Je pleure les horreurs d'un amour malheureux,
Qui malgré mes efforts tyrannife mes vœux;
Et vainqueur quelquefois d'une vertu que j'aime
Des combats qu'elle rend fe venge fur moi-même
Envain pour étouffer mes défirs infenfés,
Je retrace à mes yeux les maux qu'on m'a caufés;
En vain à chaque inftant une mere éplorée,
Au nom d'une amitié toûjours fi révérée,
Me preffe de calmer des regrets fuperflus,
Je fens mes maux s'accroître, & fouffre d'autant plus;
Que des tourmens fecrets, où mon amour m'expofe,
Je ne puis lui conter la véritable caufe,
Et qu'il me faut couvrir des malheurs d'Ilion
Les pleurs que fait couler ma fole paffion.
Dieux cruels! eft-ce affez perfécuter ma vie?
Peu fatisfaits d'avoir embrâfé ma Patrie,
D'avoir forcé mes yeux tant de fois effrayés
A pleurer tous les miens expirans à mes pieds;
Jufqu'au fond de mon cœur portant votre colere,
Vous me faites aimer l'affaffin de mon pere;
Et lorfque je m'applique à vaincre mes tranfports,
Vous protegez Pyrrhus contre tous mes remords.

SCENE II.

PYRRHUS, POLIXENE, ÆGINE.

PYRRHUS.

QUoi, Madame toûjours les yeux baignés de larmes ?
POLIXENE.
Eh comment, jufte ciel ! puis-je voir fans allarmes
Un vainqueur dont le bras encor enfanglanté
M'a livrée aux horreurs de la captivité,
L'orgueilleux deftructeur du Trône de mes peres ;
Le meurtrier enfin de mon Roi, de mes freres ;
Et qui, pour couronner d'illuftres attentats,
A mes vœux les plus doux refufe le trépas !
PYRRHUS.
Ah ! Madame, ceffez d'offrir à ma mémoire
Les maux affreux que traîne après foi la victoire.
Ceffez de retracer à mes yeux pleins d'effroi
Des malheurs où le fort eut plus de part que moi.
L'horreur regnoit dans Troye, & de flames couverte
Cette ville fuperbe approchoit de fa perte ;
Lorfque d'un feu vengeur les funébres clartés,
A mes regards furpris offrirent vos beautés :
Auffitôt deteftant le bonheur de mes armes,
Aux foupirs des vaincus j'ofai mêler mes larmes ;
Et d'un tendre remords le cœur trop pénétré
J'eûs horreur des exploits qui m'avoient illuftré.
Pourquoi fans fe parer d'une vaillance vaine,
Ne montroit-on plûtôt l'aimable Polixene ?
Et foudain on eût vû tomber notre courroux ;

Pyrrhus le plus barbare eût paru le plus doux.
                    POLIXENE.
Ciel ! qu'entens-je ? Pyrrhus ; ce vainqueur facrilége !
Pyrrhus ! qui des Autels bravant le privilége,
De mon Pere à mes yeux a pû trancher les jours,
Vient m'outrager encor par d'indignes amours !
D'un fang infortuné perfécuteur funefte,
Il en voudroit en moi deshonorer le refte !
Et moi-même tranquile au récit de fes feux,
J'ofe encore fur lui lever mes triftes yeux !
D'une longue mifère effet le plus terrible !
Se peut-il qu'aux affronts on devienne infenfible ?
Que je refpire encor, tandis que l'on a pû
Ofer impunément douter de ma vertu ?
Hélas ! jufques à quand trop inftruit de mes peines,
Prétendez-vous, Seigneur, apéfantir mes chaînes ?
Eh quoi ? n'ai-je donc pas foufiert affez de maux,
Sans que vous m'expofiez à des tourmens nouveaux ?
Car enfin, cet aveu d'une odieufe flâme
Met le comble aux douleurs qui déchirent mon ame ;
Et fi l'amour jamais avoit fçû vous toucher,
Cet amour vous eut dit qu'il falloit le cacher.
                    PYRRHUS.
Pour combattre l'amour dont l'aveu vous offenfe ;
Ah ! je ne me fuis fait que trop de violence ;
De mille feux cruels vainement confumé,
Pyrrhus s'eft plus contraint qu'il n'auroit préfumé ;
Mais enfin de mon cœur la fierté naturelle
Commence à fe laffer d'une gêne éternelle ;
Ce cœur eft bien plus fait à méprifer la mort,
Madame, qu'à combattre un amoureux tranfport.
C'eft affez prolonger ma vie, & mon fupplice,
Ordonnez que j'efpere, ou bien que je périffe.

✳✳✳✳✳✳✳✳✳✳✳✳✳✳✳✳✳✳✳✳✳✳✳✳✳✳✳✳✳✳

SCENE III.

PYRRUS, POLIXENE, ÆGINE, THESSANDRE.

THESSANDRE.

AH! Seigneur, apprenez les mortelles terreurs,
Qu'un oracle fatal répand dans tous les cœurs :
Vos soldats s'acquittant d'un devoir légitime,
Aux fiers mânes d'Achiles offroient une victime,
Quand soudain à leurs yeux, prodige tout nouveau ;
Ce superbe guerrier sort du sein du tombeau,
Tel il parut jadis aux yeux de votre Armée,
Quand d'un juste courroux sa grande ame enflamée ;
Et d'un affront sanglant voulant tirer raison,
Il osa menacer l'injuste Agamemnon.
Il s'avance, & portant dans les cœurs l'épouvante
»» Peuple ingrat (leur dit-il d'une voix menaçante)
»» Oses-tu présumer que mes mânes sacrés
»» Par le sang le plus vil puissent être honorés ?
»» Pour payer mes travaux d'une digne hécatombe ,
»» Il faut que Polixene expire sur ma tombe.
Il prononce ces mots l'œuil fier, étincelant ,
Et fixe ses regards sur tout le camp tremblant :
Cependant tous les Grecs que ce prodige entraîne
D'une commune voix condamnent Polixene
Déja de mille cris ils remplissent les Cieux ;
Pour eux l'arrêt d'Achile est un arrêt des Dieux :
Seigneur, & si j'en crois l'ardeur qui les anime,
Ils vont bientôt ici demander leur victime.

POLIXENE.

POLIXENE *à part.*

Dieux ! je respire enfin, & votre inimitié
A force de rigueur me tient lieu de pitié.

PYRRHUS.

Eh ! quel crime a commis, ô Ciel ! cette Princesse,
Pour l'immoler aux cris d'une ombre vengeresse ?
Si son frere abusant d'une perfide paix,
Dans le sang de mon pere osa tremper ses traits,
A d'inhumaines loix Polixene asservie,
Des forfaits de Paris doit-elle être punie ?
Elle dont les vertus . . . . mais c'est trop écouter
Un bruit injurieux que je dois rejetter :
L'effroi qu'inspire encore la cendre de mon pere,
Sans doute aura produit cette ombre imaginaire.
Qui ne sçait que le peuple ami du merveilleux,
Se plaît à consacrer mille bruits fabuleux ?
Que souvent il croit voir renverser la nature,
Lorsqu'on n'offre à ses yeux qu'une vaine imposture,
Et qu'en ses visions pleine d'obscurité
Rien ne doit étonner que sa crédulité.
Toutefois prévenant de plus rudes allarmes,
A mes Thessaliens fais prendre ici les armes.
Et fais-les souvenir en leur dictant mes loix,
Que c'est servir les Dieux que d'obéir aux Rois.

SCENE IV.

PYRRHUS, POLIXENE, ÆGINE.

PYRRHUS.

HE' bien, je pourrai donc par d'illuſtres ſerviceſ
Réparer déſormais toutes mes injuſtices,
Effacer d'Ilion le triſte ſouvenir,
Et vous ôter enfin le droit de me haïr :
Malgré l'arrêt fatal qu'en ces lieux on publie ,
Je pourrai vous contraindre à me devoir la vie ,
Briguer, en vous ſervant, un honneur immortel ,
Et me montrer vaillant, ſans être criminel ?

POLIXENE.

Dites plûtôt, Seigneur, qu'une éternelle honte
Seroit le juſte prix du feu qui vous ſurmonte ;
Dites que pour ſauver des jours trop malheureux ,
Vous auriez à combattre & la Gréce, & les Dieux ;
Qu'il vous faudroit bien-tôt de cent peuples perfides
Voir tourner contre vous les armes homicides ,
De vos propres ſoldats éprouver les fureurs ,
Et remplir ces climats de nouvelles horreurs.

PYRRHUS.

Et ce ſont ces horreurs, & ces mêmes allarmes ,
Qui loin de m'arrêter, ont pour moi tant de charmes ;
Pour engager les Dieux à ſeconder mes coups,
Eh ! ne ſuffit-il pas qu'on combatte pour vous ?
Pour leur faire approuver l'audace qui m'inſpire ,
Oſez avec Pyrrhus partager ſon empire ;
Venez aux yeux des Grecs réünis contre moi ,

Me jurer dans le temple une éternelle foi,
Et je cours, au mépris de leur fureur jalouse,
Contre un pere irrité proteger une épouse,
Défendre contre lui les droits des immortels,
Et forcer les tombeaux de céder aux autels. *

POLIXENE.

Que j'épouse Pyrrhus ? l'assassin de mon pere ?
Que de tous ses forfaits ma main soit le salaire ?
Ah ! j'aurois crû du moins en ce jour plein d'estroi,
Qu'on m'auroit épargné l'affront que je reçoi.

PIRRHUS.

Gardez-donc cette main, ce cœur inéxorable,
Aux yeux de tous les Grecs j'en serai plus coupable;
Mais ma flamme pour vous n'éclatera que mieux.
Adiéu. Je vais combattre en dépit de vos vœux.
Je vais, plein du courroux, où vous livrez mon ame;
Me venger sur les Grecs du mépris de ma flâme :
Ce qu'Hector n'a pû faire, il faut que vos appas
L'executent sans peine aux yeux de nos soldats ;
Il faut que reparant les effets de ma rage,
De dix ans, en un jour, je détruise l'ouvrage.
Venez me voir, Madame, en ma juste fureur
Faire du camp des Grecs un théâtre d'horreur,
De vos lâches Tyrans vous immoler la vie,
Et de la même main qui vous aura servie,
Sur leurs corps tout sanglans me frapper à mon tour;
Et satisfaire ainsi ma gloire & mon amour.

POLIXENE.

Ah ! si tu veux m'offrir cette cruelle image,
Barbare, pour la voir, prête-moi ton courage;
Car enfin du trépas, où tu voles pour moi,

---

* Quelques personnes n'ayant pas approuvé ces deux Vers, l'Auteur les a changé de cette maniere.
N'obéïr qu'à ma flamme, & plein d'un feu si beau,
De l'Himen sur sa tombe allumer le flambeau.

Je fens que je frémis mille fois plus que toi :
Mais que dis-je ? où m'entraîne une ardeur infenfée ;
O Dieux ! en ce moment m'auriez-vous délaiffée ?
De honte & de douleur tous mes fens font faifis ;
Je rappelle en tremblant mes timides efprits.
Je vous quitte, Seigneur, & fuis votre préfence.

PYRRHUS.

Non. Vous romprez plûtôt un barbare filence.
O Ciel ! tant de regrets, une fi vive ardeur
Auroient-ils fçû fléchir enfin votre rigueur ?
Ah ! fi d'un tel efpoir j'ofois goûter les charmes . . . .
Vous ne répondez rien ! je vois couler vos larmes !

POLIXENE.

Oüi, je pleure d'avoir, d'un inftant trop vêcu ,
Puifqu'il flétrit ma gloire , & foüille ma vertu :
Mais ne t'applaudis point d'une gloire trop vaine ,
Tu ne la dois qu'aux Dieux dont j'éprouve la haine ;
Aux Dieux , dont le courroux fatal à ma maifon ,
Pour te livrer mon cœur , égara ma raifon ;
Jufqu'au dernier foupir dans le fond de mon ame ,
J'efperois renfermer une odieufe flâme ;
Mais les Dieux obftinés à pourfuivre mon fort ,
Avoient juré , fans doute , & ma honte & ma mort ;
En vain à leurs arrêts je voudrois me fouftraire ,
Sur l'un & l'autre point il faut les fatisfaire ,
Je viens de déclarer mes coupables amours ,
Il me refte à fubir le trépas où je cours.
Rappellant fur l'Autel tout le foin de ma gloire ,
Qu'offenfe un fol amour honteux à ma mémoire ;
Il me refte à percer ce cœur , ce lâche cœur ,
Qui vient de me flétrir par une indigne ardeur ,
Et que j'avois déja condamné la premiere ,
Avant qu'on entendît l'ombre de votre pere,

PYRRHUS.

Non, vous ne mourrez point ; mais, est-ce à moi grands
    Dieux,
Que s'adresse un aveu qui charme tous mes vœux ?
Ah ! pourquoi, si la haine à la pitié fit place,
M'apprenez-vous si tard la fin de ma disgrace ?
Pourquoi, si vous daignez approuver mon ardeur,
Me cachica-vous, cruelle, un si rare bonheur ?
Mais quel étrange amour ! qu'il ressemble à la haine !
Vous aimez, & pourtant une mort inhumaine
Est le fatal objet que vous me préférez,
Et l'unique faveur qu'ici vous implorez.
O Dieux ! & qui pourroit dans ma juste furie
Me ravir le seul bien qui m'attache à la vie ?
Ce n'est plus désormais une ingrate beauté,
Qu'un malheureux amant, haï, persecuté,
Veut pourtant proteger en dépit d'elle-même ;
C'est une amante en pleurs, que j'adore, qui m'aime ;
Qui par mes soins enfin, se laissant désarmer,
Des périls de Pyrrhus a paru s'allarmer.
C'est mon bien, c'est le prix de l'amour le plus tendre ;
Qu'aux dépens de mes jours je brûle de défendre.

SCENE V.

PYRRHUS, POLIXENE, ÆGINE, THESSANDRE.

THESSANDRE.

Tous les Grecs enhardis par la Religion,
    Demandent Polixene avec émotion ;
Calchas, des immortels le Ministre suprême,

Près du tombeau d'Achille a dreſſé l'Autel même ;
Leur haine à cet objet ſemble ſe rallumer,
Et dans leurs cris, Seigneur, ils oſent vous nommer ;
Ils oſent accuſer votre cœur magnanime
De vouloir à leurs coups dérober leur victime.

PYRRHUS.

Ce n'eſt qu'avec regret que je quitte ces lieux ,
Madame, mais bien-tôt content , victorieux,
Je reviens, (car j'en crois ma valeur & mon zèle,)
D'un deſtin plus heureux vous porter la nouvelle ,
Et de tous mes bienfaits, ſans vouloir abuſer
De votre ſort, du mien vous laiſſer diſpoſer.

SCENE VI.

POLIXENE, ÆGINE.

POLIXENE.

POur moi de mon deſtin je ne ſuis point en peine ;
Je ſai trop en ces lieux que ma perte eſt certaine ,
Que bien-tôt , grace au Ciel qui condamne mes jours ,
Je recevrai le prix de mes folles amours :
En vain Pyrrhus s'appréte à ſignaler ſa rage ,
A travers les ſoldats m'ouvrant un prompt paſſage ,
Je ſaurai, malgré lui , ſaiſir le fer mortel ,
Et le teindre à ſes yeux d'un ſang trop criminel.
S'il oſe s'applaudir d'une indigne victoire ,
Il ne joüira pas long-tems de cette gloire ,
Et peut-être en ce jour ſeroit-il plus heureux ,
S'il eût juſques au bout pû douter de mes feux.
Cependant attentive aux ordres que je laiſſe :
Ægine , garde-toi de ſuivre ta Princeſſe ,

Et fi ma mere ici fe préfente à tes yeux,
Prens foin de lui cacher ce miftere odieux ;
Les Dieux me font témoins, que parmi tant d'allarmes,
Je ne redoute ici que fon trouble & fes larmes.

ÆGINE.

Ciel ! que me dites-vous ? vous courez au trépas !
Et vous me défendez d'accompagner vos pas !

POLIXENE.

Si ton cœur, à ma gloire, en effet s'intereſſe,
Tu dois te rendre, Ægine, au defir qui me preſſe,
Mais arrête ces pleurs qui pourroient me trahir,
Et fonge feulement que tu dois obéïr.

SCENE VII.

Æ G I N E.

AH ! dûſſai-je éprouver le plus rude fupplice,
Vous vous flattez en vain qu'à vos loix j'obéïſſe :
Allons trouver Pyrrhus, courons lui découvrir
Un projet qu'il ignore, & qui me fait frémir.

SCENE VIII.

PYRRHUS, ÆGINE, THESSANDRE.

PYRRHUS *du fond du Théâtre.*

JE l'avois bien prévû que ma feule préfence
D'un peuple audacieux confondroit l'infolence ;
Mais quoi ? Je ne vois point Polixene en ces lieux,

Sçait-elle que Pyrrhus satisfait, glorieux . . . ?
ÆGINE.

Ah ! Seigneur, en ces lieux quelle erreur vous arrête
Lorſqu'à ſubir la mort Polixene s'apréte ;
Qu'elle vient de ſortir dans le fatal deſſein
De hâter elle-même un arrêt inhumain.
PYRRHUS.

O Dieux ! dans ce deſſein Polixene eſt ſortie !
Ah ! vous me répondrez d'une ſi chere vie,
Vous, qui chargés du ſoin de veiller ſur ſes jours . . . . .

❧❧❧❧❧❧❧❧❧❧❧❧❧❧❧❧❧❧❧❧❧❧❧❧❧❧❧❧❧❧

SCENE IX.

PYRRHUS, POLIXENE, ÆGINE,
THESSANDRE, SOLDATS.

POLIXENE. *aux Soldats qui l'empêchent de*
ſortir.

Barbares eſt-ce aſſez ? m'envîrez-vous toûjours
Les douceurs d'une mort trop long-tems attenduë ?
Mais quoi ; Pyrrhus encor vient s'offrir à ma vûë !
à part.

O Dieux ! trop inhumains, ou trop lents à punir,
Ou rendez-moi ma gloire, ou laiſſez-moi mourir.
PYRRHUS.

Madame, diſſipez vos mortelles allarmes ;
Je triomphe, & tout cede au pouvoir de vos charmes ;
Unis contre vos jours par un fatal accord
Cent peuples furieux demandoient votre mort,
J'ai paru : d'un arrét dicté par l'artifice
Aux yeux de tout le Camp j'ai demandé juſtice,
Et les lâches, ſoudain, tremblans, irréſolus,
Ont douté de l'Oracle à l'aſpect de Pyrrhus.

Et moi qu'anime alors une caufe fi belle ,
Brûlant plus que jamais de vous marquer mon zéle ,
Même aux yeux de Calchas vainement courroucé
Je renverfe à fes pieds l'Autel qu'il a dreffé.
Ainfi prompt à confondre un Miniftre prophane ,
Le Ciel vous juftifie.

POLIXENE, elle fe frappe.
Et moi je me condamne,

PYRRHUS.

Ciel !

POLIXENE.

Seigneur , mon deftin auroit été trop doux ;
Si Polixene eût pû ne vivre que pour vous ;
Si des Dieux divifés la colere inhumaine ,
Entre nos deux Maifons n'eût femé trop de haine,
Mais tels font de ces Dieux les arrêts abfolus ,
Que pour fauver ma gloire , il faut perdre Pyrrhus,
Toutefois j'ofe ici vous faire une priere ;
De ma mere , daignez adoucir la mifere ;
Que Pyrrhus condamnant fes barbares exploits
Des vaincus à fon tour veüille écouter la voix ,
Que de tant de Heros la mere infortunée.
A marcher fur vos pas ne foit point condamnée,
Daignez la délivrer de fes triftes liens ,
Et défendez fes jours , fans regretter les miens.

On l'emporte.

SCENE DERNIERE.

PYRRHUS, THESSANDRE.

PYRRHUS.

AH ! ne préfumez pas que je tarde à vous fuivre ;
Au fort le plus affreux que je puifle furvivre :
Perçons ce trifte cœur, en proye à fes fureurs,
Et par un prompt trépas prévenons mille horreurs.

THESSANDRE.

Où vous entraîne, ô Ciel ! la douleur qui vous preffe ;
Vivez pour commander à l'Epire, à la Grece.

PYRRHUS.

A la Grece ! ah ! plûtôt vivons pour la punir,
Renverfons fon Empire avant que de mourir.
Tremblez Peuples cruels ; Pyrrhus refpire encore ;
Ah ! je me vangerai d'un peuple que j'abhorre,
Vous n'aurez pas en vain défié mon courroux :
Polixene n'eft plus ; elle vivroit fans vous.
Mais vous allez fentir la fureur qui m'infpire,
Qui vous a fçû venger, fçaura bien vous détruire.
Vos forfaits avec vous rompent tous mes liens,
Et les amis d'Hector font devenus les miens :
Venez vous joindre à moi, cruelles Eumenides,
Des Grecs contre les Grecs armez les mains perfides ;
Que ces lâches vainqueurs alterés de leur fang,
De leurs barbares mains fe déchirent le flanc ;
Que vos flambeaux brûlans échauffant le carnage,
Les faffent tous périr fur cet affreux rivage ;
Et puiffent les Troyens, détruifant nos travaux
Rebâtir Ilion fur les débris d'Argos.

F I N.

www.ingramcontent.com/pod-product-compliance
Ingram Content Group UK Ltd.
Pitfield, Milton Keynes, MK11 3LW, UK
UKHW022236070726
13613UKWH00004B/1967